KB132756

교과서 속

세계 명작

교과서 속
세계 명작
왕자와 거지

초판 1쇄 2014년 5월 10일
초판 2쇄 2023년 6월 15일

원작 마크 트웨인
글 책글놀이
그림 에스더

펴낸이 조영진
펴낸곳 고래가숨쉬는도서관
출판등록 제406-2006-000090호
주소 경기도 파주시 회동길 329(서패동) 2층
전화 031-955-9680　　팩스 031-955-9682
이메일 goraebook@naver.com

ISBN 978-89-97165-63-6 64800
ISBN 978-89-97165-60-5 64800(세트)

교과서 속

세계 명작

왕자와 거지

원작 마크 트웨인
글 책글놀이 그림 에스더

고래가숨쉬는
도서관

양난영 선생님이 콕콕 짚어 주는 독서 활동

책 읽는 것은 재밌는데 독후감 쓰기는 싫은 친구는 없나요? 분명 있을 거예요. 그런데 어른들은 책을 읽고 나면 꼭 느낌을 물어보고, 독후감 쓰기를 강요하지요. 왜 그러냐고요? 독서만큼이나 '쓰기'도 중요하거든요. 쓰기는 반드시 훈련이 필요하답니다. 아무리 책을 많이 읽어도, 말을 잘 해도, 쓰기 훈련이 되어 있지 않으면 마음먹은 대로 글을 쓸 수가 없어요. 이제부터 차근차근 독후감 쓰기 연습을 해 보아요.

■ 독서 전 활동 **두근두근, 어떤 이야기가 펼쳐질까?**

예를 들어 오늘 읽을 책으로 '레 미제라블'을 고른다면 무슨 생각부터 할까요? '레 미제라블'이 도대체 무슨 뜻일까, 지은이는 누구일까, 어떤 이야기일까, 이것저것 궁금하지 않을까요? 그래요. 책 읽기는 이러한 궁금증부터 시작한답니다. 그런 뒤 다음의 활동들이 따라요.

- 책 제목과 표지 그림을 보고 어떤 이야기가 펼쳐질지 상상해 보아요.
- 책 표지와 뒤표지에 있는 글을 읽은 다음, 차례도 순서대로 읽어 보아요.
- 책을 펼쳐 그림만 쭉 보면서 책 내용을 상상해 보아요.

엄마 가이드 글을 잘 쓰기 위한 가장 중요한 비법은 무엇일까요? 막상 책을 덮고 글을 쓰려고 하면 아무런 생각도 나지 않은 경험이 있지요? 우리 어린이들도 마찬가지랍니다. 따라서 다양한 방법으로 독서 전에 흥미와 관심을 유발시켜 주세요. 과학책이나 역사책 등 지식 정보 책을 읽기 싫어하면 관심 있는 주제부터 먼저 읽도록 권해 주세요.

■ 독서 중 활동 **재밌는 곳은 포스트잇을 빵빵!**

책을 읽다가 재미난 장면이나 감동 깊은 장면이 있다면 포스트잇을 빵 붙여요. 중요한 장면에도 포스트잇을 빵 붙여요. 한 번 읽었다고 해서 휙 던져 버릴 것이 아니라 이렇게 저렇게 훑어보고 이야기를 하다 보면 자연스럽게 느낀 점도 말하기 쉽고 글감도 형성된답니다.

- 재미있는 장면이나 중요한 장면이 나올 때마다 포스트잇을 붙여요.

- 두 번째 읽을 때는 포스트잇이 붙어 있는 부분만 골라서 내용을 엮어 보아요.
- 그중 인상 깊은 장면을 세 가지 정도 골라 보아요.
- 감동을 받거나 새롭게 알게 된 사실 등은 다른 색깔로 포스트잇을 붙여요.

■ 독서 후 활동 **다양한 활동으로 기억 남기기**

- 명장면을 따라 그려요.
- 순서대로 중요 장면을 몇 장면 정해서 그리거나 글로 써 보아요.
- 등장인물을 그림으로 그리고 소개해요(옷, 신분, 나이, 대사 등).
- 마음에 드는 구절을 옮겨 써 보고, 내 생각도 덧붙여 보아요.
- 주인공에게 위로의 편지를 써 보아요.
- 다른 사람에게 읽은 책을 추천하고 그 이유도 세 가지 정도 써 보아요.
- 마인드 맵으로 이야기의 소재나 주제를 소개해요.
- 상상력을 펼쳐 뒷이야기를 써 보아요.
- 주인공을 내 이름으로 바꿔 새로운 이야기를 엮어 보아요.
- 주인공이나 줄거리, 배경 등이 비슷한 책을 함께 소개해요.

■ 세계 명작을 읽으며 글쓰기 실력 쑥쑥 늘려요!

오랜 시간 동안 세계 여러 나라 사람들에게 사랑받아 온 세계 명작에는 시대와 나라를 뛰어넘는 인류의 보편적 가치관과 철학이 담겨 있어요. 우리 조상들의 지혜가 담겨 있는 우리고전과 마찬가지로 세계 명작을 통해 우리 어린이들은 어려움을 이겨 내는 용기와 서로 돕는 아름다운 마음씨, 다른 사람에 대한 배려와 예의 등을 자연스럽게 익힐 수 있지요. 세계 명작 속 등장인물이 되어 이야기를 따라가다 보면 읽는 즐거움은 물론 집중력과 상상력까지 길러 준답니다. 세계 명작의 줄거리를 파악하고, 그 안에 담긴 주제의식이나 우리와는 다른 여러 나라의 생활과 풍습, 문화 등에 대해 생각해 보고 독후감 쓰기를 하다 보면 글쓰기 실력도 쑥쑥 늘어날 거예요.

차례

왕자와 거지

너무도 닮은 두 아이

지금으로부터 약 600여 년 전 어느 가을날, 영국 런던에서 두 명의 사내아이가 동시에 태어났어요. 한 아이는 영국의 왕세자인 에드워드 튜더였고, 한 아이는 가난한 거지의 아들로 태어난 톰 캔티였어요.

톰 캔티의 가족은 런던의 빈민가인 오펄 코트에서 살았어요. 오펄 코트는 쓰러져 가는 작고 허름한 건물에서 가난에 찌든 사람들이 모여 사는 곳이었어요. 그중에서 톰 캔티네는 3층의 방 한 칸에서 엄마 아빠와 할머니, 쌍둥이 누나 둘이 살았는데, 이제 톰 캔티가 태어났으니 비좁은 방에서 여섯 식구가 살게 된 것이지요.

톰의 아버지는 도둑이었고, 할머니는 거지였어요. 그 둘은 세 아이들에게 도둑질과 동냥질을 시켰지만, 아이들은 도둑질만은 하지 않았어요. 톰의 아버지는 아이들이 도둑질을 하지 않자, 구걸을 시켰어요.

톰이 빈손으로 집에 돌아오는 날에는 저녁도 굶고, 매를 맞아야 했어요. 그러면 엄마가 아빠 몰래 톰에게 굳은 빵 조각이나 음식을 조금 남겨 주었는데, 그러다 아빠에게 들키기라도 하면 엄마도 흠씬 두들겨 맞았어요.

오펄 코트에는 톰의 아버지나 할머니처럼 술에 취해 고함을 지르거나 싸움질을 하는 사람들이 많았는데, 마음씨 고운 앤드루 신부님만은 달랐어요. 그는 왕에게 밉보여 교회에서 쫓겨났다고 했어요. 앤드루 신부님은 톰에게 읽고 쓰는 법과 라틴어도 조금씩 가르쳐 주었어요.

톰은 매일 앤드루 신부님에게 옛날이야기와 전설을 들었어요. 그리고 틈나는 대로 앤드루 신부님의 낡은 책을 빌려 읽었어요. 어느덧 톰의 머릿속은 거인과 요정, 마법에 걸린 왕자와 같은, 이야기 속 주인공들로 가득 차게 되었어요. 톰은 냄새나고 더러운 방에 누워서 자신이 왕자가 되는 달콤한 상상에 젖었어요.

어느 날, 잠에서 깨어난 톰은 여기저기 발길 닿는 대로 쏘다니며 공상에 잠기고 싶어서 집을 나섰어요. 그리고 어느새 웨스트민스터 궁전 앞까지 오게 되었어요. 상상 속에서만 꿈꿔 온 궁전을 실제로 마주한 톰은 웅장하고 으리으리한 궁전 앞에서 눈이 휘둥그레졌어요.

"내가 실제로 궁전을 보게 되다니 믿어지지 않아. 왕자님은 어떻게 생기셨을까?"

톰은 왕자를 직접 보게 해 달라고 마음속으로 기도했어요. 그때 왕궁의 황금빛 창살 사이로 보석이 주렁주렁 달린 비단옷을 입고, 허리에는 보석이 박힌 칼을 찬 소년이 나타났어요.

톰은 가슴이 두근거렸어요.

'아, 저분은 진짜 왕자님이 틀림없어!'

톰은 좀 더 가까이서 왕자를 보고 싶어서 창살에 얼굴을 바짝 들이댔어요. 그러자 철문을 지키고 있던 병사들이 호통을 쳤어요.

"어서 썩 꺼지지 못해? 이 거지 놈아!"

병사들은 톰을 거칠게 낚아채서는 바닥에 내동댕이쳤어요. 그때 문 앞에서 일어난 소란을 보고 있던 왕자가 다가왔어요.

"힘없는 아이에게 무슨 짓을 하는 게냐? 저 불쌍한 아이를 들여보내라!"

병사들은 들고 있던 창을 들어 왕자에게 경의를 표한 다음, 톰을 궁전 안으로 들여보냈어요. 왕자는 톰을 데리고 궁전 안의 으리으리한 자기 방으로 갔어요. 톰은 그곳에서 여태껏 구경도 해 보지 못한 궁중 음식을 먹어 보았어요.

왕자는 톰이 식사를 하는 동안 이것저것 물어보았어요.

"넌 이름이 뭐니?"

"톰 캔티라고 합니다."

"캔디가 아니고 캔티? 재미난 이름이구나. 네가 사는 곳은 어디지?"

"런던 푸딩로 부근의 오펄 코트라는 곳에서 살아요."

톰과 왕자는 오랜만에 친구를 만난 것처럼 재미나게 이야기를 나누었어요. 주로 왕자가 묻고 톰이 대답했는데, 톰은 함께 사는 가족들과 앤드루 신부님에 대해서도 이야기했어요.

왕자에게 톰의 일상은 다른 세상의 이야기처럼 재미나게 들렸어요. 톰이 모래밭 놀이, 진흙 반죽 놀이, 강에서 헤엄치기 같은 놀이를 한다고 하자 왕자의 눈동자에 생기가 돌았어요.

"정말 참을 수가 없구나. 단 한 번만이라도 네 옷을 입고 마음껏 진흙탕 속을 뒹굴 수만 있다면 좋겠어!"

"저는 단 한 번만이라도 좋으니 왕자님의 옷을 입어 보면 소원이 없겠어요."

"그래? 우리 누가 오기 전에 얼른 옷을 바꿔 입어 보자!"

왕자는 톰의 누더기 옷을 입고, 거지 톰은 번쩍거리는 왕자의 옷을 입었어요. 둘은 거울 앞에 나란히 섰어요. 그런데 정말 이상한 일이었어요. 옷을 바꿔 입었다고 믿어지지 않을 정도로 두

사람의 옷차림이 자연스러워 보였어요.

왕자는 거울 앞에 비친 톰과 자신의 모습을 보고 소리쳤어요.

"세상에! 너는 나와 똑같은 머리카락과 똑같은 눈, 똑같은 키와 몸을 갖고 있구나. 그 누구도 우리를 구별할 수 없을 거야!"

그때 왕자가 톰의 손에 난 상처를 보았어요.

"앗, 이런! 손을 다쳤구나."

아까 궁전의 철문을 지키던 병사가 톰을 내동댕이쳤을 때 다친 거였어요. 왕자는 병사를 혼내 줘야겠다고 주먹을 불끈 쥐었어요. 왕자는 탁자 위에 놓여 있던 무언가를 갑옷 안에 넣어 놓고는 톰에게 말했어요.

"잠시 다녀올 테니 넌 여기서 꼼짝 말고 있어. 명령이야!"

왕자는 톰의 누더기 옷을 입은 채로 달려 나가 병사에게 소리쳤어요.

"문을 열어라!"

톰을 내동댕이친 병사가 왕자의 명령을 따르며 문을 열었어요. 그러고는 문 밖으로 튀어나온 왕자의 뺨을 때렸어요.

"오냐! 문을 열었으니 어쩔래?"

"감히 왕자에게 손찌검을 하다니, 너를 엄벌하겠다!"

병사는 조롱하듯 창을 들어 경의를 표하더니 거친 말로 호통을 치며 밀쳤어요.

"어서 꺼져, 미친 거지 놈아."

불쌍한 왕자는 궁전으로 들어가지 못하고 길 한복판으로 나가떨어지고 말았어요.

뒤바뀐 운명

왕자는 톰이 그랬던 것처럼 발길 닿는 대로 무작정 길을 걸었어요. 혼자서는 궁전 밖으로 나와 본 적이 없는 왕자는 아무리 주위를 살펴도 그곳이 어디쯤인지 도무지 알 수가 없었어요.

톰의 낡은 신발을 신고 한참을 걷던 왕자의 발에 피가 흘렀어요. 왕자는 톰이 오펄 코트에 산다는 말을 기억하고 그곳까지만 찾아가면 사람들이 왕궁으로 데려다 줄 것이라고 믿었어요.

지칠 대로 지쳐 터벅터벅 오펄 코트를 향해 걷는 왕자의 머리 위로 바람이 불고 비가 추적추적 내렸어요. 이미 해는 져서 어둑해졌고, 비를 맞아 오들오들 떨며 거리를 헤매는 왕자의 모습은

처량하고 가엾은 거지 소년처럼 보였어요.

그때 누군가 왕자의 목덜미를 낚아챘어요.

"톰! 어디를 어슬렁거리고 있는 게야? 오늘도 동전 한 푼 못 벌어 왔다면, 네 놈의 다리를 가만두지 않겠다."

왕자는 몸을 비틀어 누군지 모를 손아귀에서 벗어나려고 버둥거렸어요. 그때 문득 자기를 톰이라고 부른 이 사람이 누군지 알 것 같았어요. 왕자는 정신이 번쩍 들어 소리를 질렀어요.

"네가 톰 캔티의 아비로구나! 지금 톰은 궁전에 있다. 나는 왕자다! 어서 나를 궁전에 데려다 주고 네 아들을 데려가라!"

왕자의 목덜미를 낚아챈 톰의 아버지는 잠시 어리둥절했지만 이내 얼굴을 고약하게 일그러뜨리며 소리쳤어요.

"이놈이 앤드루 신부와 어울려서 되지도 않게 책만 읽더니 완전히 돌아 버렸구나!"

톰의 아버지는 왕자를 질질 끌고 갔어요. 그 뒤를 동네 꼬마들이 낄낄 웃으며 졸졸 쫓아갔어요.

한편 왕자의 방에 홀로 남은 톰 캔티는 커다란 거울에 비친 자신을 꿈꾸듯 바라보았어요. 왕자의 고상한 몸짓을 흉내 내면서 허리에 찬 멋진 칼도 뽑아 보았어요. 그리고 왕자의 의자에도 앉아 보았어요. 톰은 집에 돌아가면 자기가 겪은 이 모든 일들을 사람들에게 들려줘야겠다고 생각했어요.

'모두들 말도 안 된다고 하겠지. 아버지는 술 냄새 나는 입으로 내게 욕을 하며 때릴지도 몰라.'

톰은 아버지 생각에 저도 모르게 어깨를 움츠렸어요.

'왕자님이 돌아오실 때가 한참 지났는데…….'

톰은 왕자가 돌아오기만을 기다렸어요. 그러나 사방은 고요하고 인기척도 들리지 않았어요. 톰은 점점 불안해져서 나중에는 안절부절못하게 되었어요.

톰은 왕자를 직접 찾아보려고 방문을 살짝 열었다가 문 앞에 시종들이 서 있는 것을 보고 깜짝 놀랐어요. 시종들은 재빨리 달려와 톰 앞에 무릎을 꿇고 머리를 조아렸어요.

"왕자님, 필요하신 게 있으신가요?"

톰은 두려움에 휩싸여 겨우 말을 했어요.

"아, 저는 왕자가 아니에요. 왕자님은 어디에 계시나요?"

톰은 겁이 나서 금방이라도 울음이 터질 것 같았어요. 시종들은 놀란 눈을 어디에 둘지 몰라 얼른 고개를 숙였어요.

"왕자님은 언제 오시나요? 제가 잘못을 저지른 것 같아요. 아니, 왕자님이 먼저 옷을 바꿔 입자고 해서, 저는 금방 다시 갈아입으려고 했어요. 정말이에요. 저를 돌려보내 주세요."

톰은 아예 무릎을 꿇고 이마를 바닥에 대고 애원했어요.

"아니, 왕자님. 어서 일어나세요. 저희한테 무릎을 꿇으시다니요!"

놀란 시종들은 톰에게 다가와서 몸을 일으켜 주었어요. 톰은 이제 털썩 주저앉아 주절거렸어요.

"아, 왕자님은 어디 가신 거야. 이제 난 어떻게 하면 좋아!"

시종들은 서둘러 방을 빠져나왔고, 이 소식은 궁전 안에 삽시간에 퍼졌어요.

왕자가 이상해졌다는 소문은 곧 왕의 귀에도 들어갔어요. 왕은 신하들에게 왕자를 데려오라고 했어요.

"에드워드, 이 아비에게는 솔직하게 말을 해 보아라. 궁전 안에 퍼진 소문이 어떻게 된 거냐? 네가 장난을 친 거지?"

왕은 톰에게 인자한 목소리로 물었어요. 순간 톰은 얼굴이 하얗게 질렸어요. 톰은 왕 앞에 엎드려 말했어요.

"폐하. 믿어 주십시오. 저는 한낱 가난뱅이 거지의 아들입니다. 어쩌다가 이 자리에까지 오게 되었으나 제발 저를 집으로 돌려보내 주십시오."

"아니, 그게 무슨 말이냐? 거지의 아들이라니? 그럼 넌 내가 누구인지 모른다는 게냐? 내가 누군지 말해 보아라."

"이 나라의 국왕 폐하이십니다. 그러나 저는 왕자가 아닙니다."

"옳지, 이 아비는 알아보는구나. 네가 악몽을 꾼 모양이다."

톰의 말을 들은 왕은 말없이 생각에 잠겼어요. 근심과 고통의 빛이 얼굴에 번지더니 잠시 후 왕이 다시 입을 열었어요.

"왕자가 잠시 악몽으로 마음이 혼란스러워졌는지 모르니, 문제를 내서 왕자의 상태를 시험해 보겠다."

왕은 톰에게 라틴어로 질문을 했어요. 톰은 앤드루 신부에게 배운 기억을 되살려 더듬더듬 대답을 했어요. 왕은 뛸 듯이 기뻐했어요. 신하들의 얼굴에도 안도의 빛이 떠올랐어요.

"그래. 이제 됐다. 왕자는 잠시 정신이 혼미해졌을 뿐이다. 내일 거행될 왕세자 책봉식은 예정대로 치르도록 하라."

왕은 엄한 목소리로 신하들에게 명령을 내렸어요.

"하오나 폐하, 책봉식을 주관할 노포크 공이 런던탑에 갇혀 있으니, 시기적으로 적절치 못할 것 같아……."

신하의 말이 채 끝나기도 전에 왕은 노여워하며 소리쳤어요.

"닥쳐라! 반역을 꾀한 그놈의 이름을 입에 올리다니! 내일 아침 해가 뜨기 전에 노포크를 심판하라고 의회에 일러라! 그렇지 않을 경우 의원들은 가혹한 대가를 치르게 될 것이다!"

톰은 노여운 왕의 얼굴을 보고 왕자가 아니라는 말을 더 이상 할 수가 없었어요. 톰은 왕 앞에서 물러났어요.

그때 세인트 존 경과 허트포드 경이 들어왔어요. 세인트 존 경이 톰에게 다가와 무릎을 꿇어 경의를 표하고 말했어요.

"왕자님, 저는 국왕 폐하의 어명으로 왕자님을 끝까지 보필하라는 명을 받았습니다. 폐하께서는 왕자님이 심신이 허약해지셨으므로 다시 예전의 몸으로 돌아오실 때까지 그 사실을 숨겨야 한다고 말씀하셨습니다. 왕자님께서는 장차 이 나라를 이어 갈 후계자이시니, 당분간은 왕자가 아니라는 말씀만은 하지 마십시오. 그리고 어떤 행동을 해야 할지 모르실 때에는 저나 허트포드 경에게 도움을 청하십시오."

톰은 이제 이 모든 상황을 받아들일 수밖에 다른 도리가 없다고 판단했어요. 진짜 왕자님이 나타나기 전까지는 왕자 노릇을 해야 한다고 생각한 거예요. 톰은 힘없이 고개를 끄덕였어요.

세인트 존 경과 허트포드 경은 수호신처럼 옆에 붙어서 톰을

도왔어요. 간혹 에드워드 왕자의 사촌 누이들이 그리스어나 불어로 말을 걸어 와도 재치 있게 위기를 넘기게 해 주었어요.

톰은 앤드루 신부님의 책을 읽으며 공상 속에서 왕자가 되어 살았던 시간들이 헛되지 않았다고 생각했어요. 궁에서 쓰는 멋있고 기품이 있는 말을 흉내라도 낼 수 있게 되었으니까요.

오후 한 시쯤 톰은 식사를 하기 위해 옷을 갈아입는 지긋지긋한 일을 치러야만 했어요. 톰은 주름 장식이 있는 셔츠부터 양말까지 모두 새것으로 갈아입었어요.

식탁에 앉은 톰은 식사 기도가 끝나자마자 음식을 향해 손을 뻗었어요. 그 순간 대대로 왕자의 기저귀를 갈아 주는 일을 해 온 버클리 백작이 왕자의 목에 냅킨을 둘러 주었어요. 톰이 먹으려고 하는 음식을 먼저 맛보는 귀족도 있었어요. 음식에 독이 있는지 없는지 먼저 먹어 보는 것이지요. 그리고 톰의 뒤에는 이 엄숙한 의식을 감독하는 귀족 집사가 서 있었어요.

톰은 손가락으로 음식을 집어먹었어요. 왕자의 신분에 어울리지 않는 행동이었지만 아무도 웃지 않았어요. 심지어는 못 본 척한 사람도 있었어요. 이 방에 있는 사람들 모두 사랑스러운 왕자가 몹쓸 병에 걸려 있다고 믿고 있었기에 가능한 일이었어요.

식사가 끝나자 톰은 주머니에 호두 몇 알을 쑤셔 넣고는 혼자 방으로 돌아가겠다고 위엄 있게 말했어요.

혼자 있게 된 톰은 벽에 걸린 에드워드 왕자의 갑옷을 혼자서 걸칠 수 있는 데까지 걸쳐 보고, 투구도 머리에 써 보았어요.

이내 그것도 싫증이 나자, 주머니에 넣어 온 호두 생각이 났어요. 톰은 호두를 깨 먹고, 긴 의자에 몸을 기대고 책장에서 왕실의 예법에 관한 책을 꺼내어 읽기 시작했어요.

한편 낮잠에서 깬 왕은 몸이 편치 않음을 느꼈어요.

"아, 어지러워. 죽을 날이 멀지 않은 모양이야. 하지만 내가 그 놈보다 먼저 죽을 수는 없지."

왕이 깨어나자, 시종은 밖에서 기다리던 대법관을 들여도 되냐고 물었어요. 왕의 허락이 떨어지자, 대법관이 들어와 무릎을 꿇고 말했어요.

"어명을 받들어 노포크 공의 사형 집행 승인서를 준비했습니다. 폐하께서 옥새만 찍으시면 될 것입니다."

왕은 대법관에게 큰 옥새를 맡기겠다고 말했어요. 그러자 대법관은 당황해서는 이틀 전에 왕이 직접 큰 옥새를 가지고 간 사실을 알렸어요. 왕은 옥새를 어디에 두었는지 기억하려고 애썼어요. 그때 허트포드 경이 왕에게 귀엣말을 했어요.

"폐하, 제 기억으로는 옥새를 왕자님의 손에 맡기시면서 훗날에 대비하라고 말씀하신 것 같습니다."

왕은 그제야 기억이 나는 듯 무릎을 치며 왕자에게 가서 옥새를 받아 오라고 명했어요. 허트포드 경은 한달음에 톰에게 달려갔지만 빈손으로 돌아왔어요.

"폐하, 아뢰옵기 황공하오나 왕자님께서는 큰 옥새를 어디에 두셨는지 기억하지 못하십니다."

왕은 다시 어지러운 듯 머리를 두 손으로 감싸 쥐고 있다가, 비상용 작은 옥새로 대신하라고 명령했어요. 그래서 의회는 왕의 명령대로 다음 날 노포크 공을 처형하기로 했어요.

그날 밤, 템스 강이 내려다보이는 궁전 앞마당은 휘황찬란한 불빛으로 대낮처럼 환했어요. 모여든 사람들이 환호하며 왕자를 맞이했어요.

"에드워드 왕자님 만세!"

새하얀 비단에 다이아몬드 단추를 단 옷을 입은 톰이 행사의 주인공이었어요. 톰이 궁전에서 강으로 내려가는 넓은 돌계단에 발을 내딛자, 반짝이는 불꽃이 하늘 높이 뻗어 나갔어요.

톰은 템스 강 위를 반짝이는 수십 척의 휘황찬란한 배를 바라보면서, 사람들의 환호성과 축포 소리를 듣고 있는 이 모든 현실이 꿈만 같았어요.

왕자의 처량한 신세

톰의 아버지는 에드워드 왕자를 오펄 코트로 질질 끌고 갔어요. 모두 지켜보기만 할 뿐 말리는 사람이 없었어요. 그러나 앤드루 신부님만은 아이를 풀어 주라고 톰의

아버지를 말렸어요.

왕자는 계속 빠져나오려고 안간힘을 쓰면서, 계속해서 자신은 왕자라고 소리를 질렀어요. 참다 못한 톰의 아버지는 나무 막대기로 왕자의 머리를 후려쳤어요. 그때 앤드루 신부님이 왕자의 머리를 감싸는 바람에 대신 몽둥이를 맞고 쓰러졌어요.

여전히 동네 사람들은 구경거리가 난 것처럼 소리를 지르며 그들의 뒤를 졸졸 따라갔어요. 왕자는 마침내 헛간 같은 방에 내동댕이쳐졌어요.

톰의 아버지는 아들이 왕자라고 하는 것에 더욱 황당하고 분해서 방에 내동댕이친 것도 모자라 왕자를 때리기 시작했어요. 왕자는 한참을 두들겨 맞고 쓰러졌어요.

톰의 어머니는 왕자를 꼭 껴안은 채 쏟아지는 주먹질을 온몸으로 막아 냈어요. 매질이 끝나자 톰의 아버지가 곯아떨어졌어요. 톰의 누나들이 왕자에게 낡은 담요를 덮어 주었어요. 그러고는 딱딱하게 굳은 빵을 가져다주었어요.

왕자는 너무 아파서 아무것도 먹지 못했지만 톰의 엄마가 자기를 위해 용감하게 지켜 준 행동에 대해 깊이 감동을 받고는 정중하게 말했어요.

“왕께서도 그대의 친절과 헌신에 반드시 보답하실 것이오.”

톰의 어머니는 아들이 완전히 미쳐 버린 것 같아서 억장이 무너져 내렸어요. 하지만 왕자를 다시 품에 꼭 안아 주고는 잠자리로 돌아갔어요. 그때 누가 ‘탕탕탕’ 문을 두드렸어요.

“존 캔티! 아까 앤드루 신부님께서 자네한테 맞고 쓰러지신 후에 돌아가셨어!”

톰의 아버지는 기겁을 하며 온 식구를 깨워서 도망을 쳤어요.

영문도 모르고 톰의 식구들과 달음질을 치게 된 왕자는 어느덧 템스 강가에 이르렀어요. 템스 강가는 궁전의 행사를 구경 나온 사람들로 북새통을 이루고 있었어요. 왕자는 그 틈에 도망쳐서 시청으로 달려갔어요.

“여봐라! 어서 문을 열어라! 난 에드워드 왕자다!”

사람들은 누더기를 걸친 거지 소년이 왕자라고 소리치자 큰 소리로 웃으며 주변을 에워쌌어요. 그러고는 거지 소년을 놀리고 조롱하기 시작했어요. 참다못한 왕자는 고함을 질렀어요.

“다시 한번 말하지만 나는 진짜 왕자다! 지금은 비록 어느 누구도 나에게 도움을 주지 않지만, 나는 왕자로 되돌아갈 때까지 끝까지 버틸 것이다!”

그때 큰 키에 긴 칼을 찬 남자가 나타나더니 왕자를 에워싸는 사람들을 향해 칼을 휘두르며 왕자를 향해 소리쳤어요.

"왕자인지 아닌지는 모르지만 대단한 용기를 가진 녀석이로군. 이 마일스 핸든이 친구가 되어서 너를 보호해 주겠다!"

마일스의 옷차림은 낡았지만 그의 생김새와 몸짓에는 어딘가 기품이 서려 있었어요.

마일스가 왕자를 대신해 달려드는 사람들과 맞서 싸우고 있을 때 말을 탄 병사들이 길 한가운데로 달려왔어요. 그 틈에 마일스는 왕자를 데리고 위험에서 빠져나올 수 있었어요.

말을 탄 병사들이 지나가고 나서 왕궁에서 나온 사람이 목소리를 높여 말했어요.

"폐하께서 돌아가셨다!"

그러자 떠들썩하던 곳이 순간 조용해지고 사람들이 일제히 무릎을 꿇고 머리를 숙였어요.

왕이 돌아가셨다는 소식을 들은 왕자는 눈물이 왈칵 쏟아졌어요. 마일스 핸든은 슬퍼하는 에드워드 왕자의 손목을 꼭 잡고 런던 다리 위 그가 묵고 있는 여관 앞에까지 왔어요.

잘 알지도 못하는 마일스의 손에 이끌려 이곳까지 오는 동안 왕자는 자신이 버림받은 부랑아처럼 느껴졌어요. 게다가 아버지가 돌아가신 것을 알면서도 궁으로 돌아가지 못하는 자신의 신세가 더없이 처량하다고 생각했어요.

그때 또 다른 고함 소리가 밤하늘을 흔들었어요.

"이제 에드워드 왕자님이 왕이 되셨다! 에드워드 왕 만세!"

에드워드는 애써 힘을 내면서 혼잣말로 중얼거렸어요.

"그래, 나는 이제 왕이야!"

"이 녀석, 어디에 갔다 이제 나타나는 게야? 다시는 도망가지 못할 줄 알아!"

귀에 익은 걸걸한 목소리가 에드워드 왕자의 귀에 들려왔어요.

바로 톰의 아버지 존 캔티가 여관 문 앞에서 팔짱을 낀 채 마일스와 에드워드를 노려보고 있었던 것이었어요. 하지만 이번에도 마일스가 존 캔티를 쫓아내고 왕자를 지켜 주었어요.

마일스의 방은 삐걱거리는 낡은 침대에 잡동사니가 어지럽게 놓여 있는 누추한 곳이었어요. 에드워드는 침대까지 간신히 걸어가 누우면서 중얼거렸어요.

"나는 이제 잠 좀 자야겠으니, 아침상이 다 차려지거든 깨우

거라."

마일스는 남의 침대에 누우면서 밥까지 차려 놓으라고 명령하는 거지 소년의 행동에 어이가 없었어요. 그래서 놀리듯이 무릎을 꿇고 머리를 숙이며 조아렸어요.

"네. 전하. 어서 편히 주무십시오."

마일스는 이미 깊은 잠에 곯아떨어진 에드워드를 보며 중얼거렸어요.

"왠지 이 당돌한 거지 소년에게 마음이 끌리는군. 잠이 든 모습을 보니 어딘가 기품이 있어 보이기도 하고……. 내가 이 아이를 보살펴서 정신이 온전해지도록 도와줘야겠어."

잠에서 깨어난 에드워드는 마일스에게 세숫물을 떠 오라고 명령했어요. 그리고 그 앞에 앉으려는 마일스에게 호통을 쳤어요.

"왕 앞에 앉아 있다니, 무엄하도다!"

마일스는 이 재미있는 놀이를 받아 주기로 생각했어요.

에드워드는 마일스에게 자신이 어떻게 이러한 거지의 모습으로 있게 되었는지 사연을 이야기했어요. 그리고 마일스도 높은 지위는 아니지만, 귀족의 자제로 태어나 십 년 전에 집을 나오게 된 사정을 하나하나 늘어놓았어요.

에드워드는 오랜만에 자신의 이야기를 잘 들어 주는 사람을 만나자, 마치 궁전에 있을 때처럼 마음이 편안해졌어요. 그리고 자신을 위험에서 구출해 주고 깍듯이 왕으로 대해 주는 마일스에게 보답을 해야겠다고 마음먹었어요.

"내가 그대의 공을 치하하리니, 소원을 말해 보아라. 내가 들어줄 수 있는 범위 안에서 무엇이든 해 주겠노라."

마일스는 에드워드와 같이 있는 동안 좀 더 편히 지내려면 소원으로 이것을 말해야겠다고 생각했어요.

"제가 앞으로 영원토록 영국의 국왕 앞에 앉아 있을 수 있도록 허락해 주십시오."

에드워드는 옆에 놓여 있는 긴 칼로 마일스의 어깨를 두드리면서 말했어요.

"그렇게 하라. 그대에게 백작의 지위를 내리며, 이 나라와 이 왕실이 남아 있는 한, 그대 집안의 특권 또한 영원할 것이다."

그러자 마일스는 얼굴에 빙긋이 미소를 지으며, 무릎 꿇고 있느라 쥐가 난 다리를 절룩이며 일어났어요.

다음 날 아침, 에드워드의 옷을 사러 밖으로 나갔다 온 마일스는 빈 침대를 보고 깜짝 놀라 여관 주인을 불렀어요.

잔심부름을 하는 아이가 들어오더니, 마일스에게 좀 전에 누군가를 시켜서 아이를 불러내지 않았느냐고 되물었어요.

순간 마일스는 거지 소년의 아버지가 그를 데려간 것이 틀림없다고 생각하고 에드워드를 찾으러 밖으로 뛰어나갔어요.

마일스는 하루 종일 거리를 헤맸지만 에드워드는 보이지 않았어요. 마일스는 밤이 되도록 에드워드를 찾지 못했어요.

마일스는 곁에 아무도 없는 에드워드가 분명히 자기를 찾아올 것이라고 확신했어요. 자신이 고향에 가는 길이라는 것을 에드워드도 알고 있다는 생각에 이르자, 마일스는 아침 일찍 자신의 고향인 몽크스 홀름으로 가야겠다고 결정했어요.

왕이 된 톰과 떠돌이 에드워드

한편 세상을 떠난 왕을 대신하여 왕위에 오른 톰은 제일 먼저 노포크 공의 사형을 취소시켰어요. 무서운 헨리 8세와는 달리 사랑과 자비가 넘치는 왕이 되고자 한 것이었어요.

톰은 옥좌에 앉아 외국 대사들과 화려한 옷차림의 수행원을 맞이했어요. 허트포드 백작이 간간이 던져 주는 말을 앵무새처럼 되풀이하면서 매끄럽게 연기를 하려고 애썼지만, 생전 처음 겪는 일이라 동작 하나하나가 어색하기만 했어요.

톰은 하루 중 대부분의 시간을 왕의 집무실에서 지내야 했어요. 하루는 톰과 비슷한 나이의 아이가 들어와서 무릎을 꿇었어요. 그 아이는 왕자를 대신하여 매를 맞던 험프리 말로였어요.

"왕자님께서 왕이 되셔서 앞으로 공부를 안 하시게 되면 매를 맞을 일도 없고, 그렇게 되면 온 식구가 먹고살 일이 막막합니다."

톰은 공부를 계속할 것이고, 앞으로는 매를 맞지 않아도 톰이 틀린 것만큼 돈을 받을 수 있게 해 주겠다고 약속했어요. 그리고 톰은 험프리 말로를 통해 왕실의 중요한 인물과 사건들에 대해서 중요한 정보를 얻을 수 있게 되었어요.

톰이 왕위에 오른 지 나흘째 되는 날, 무거운 마음으로 왕의 집무실을 거닐고 있던 톰은 창밖으로 마차 한 대가 지나가는 것을 보았어요. 그 마차를 따라 사람들이 몰려들고 있었어요.

그들은 사형장으로 끌려가는 죄수들로, 사람을 독살했다는 누명을 쓴 남자와 마법으로 폭풍을 일으켰다는 죄목으로 잡힌 모녀였어요.

톰은 명확한 증거도 없이 사형을 당하게 된 죄수들의 목숨을 살려 주도록 명령을 내렸어요. 이 광경을 지켜본 귀족들과 신하들은 새 왕의 지혜로운 판단에 만족스러워했어요.

한편, 마일스 핸든이 자기를 데려오라고 했다는 말을 믿고 낯선 청년을 따라나선 에드워드는 점점 숲으로 접어들자 화가 나서 더 이상 가지 못하겠다고 멈췄어요.

청년은 마일스가 아파서 다리를 움직이지 못하고 있다고 거짓말을 해서 에드워드를 다시 걸어가게 했어요.

한참을 걸어서 이윽고 다 쓰러져 가는 헛간 앞까지 이르자 어느 틈엔가 존 캔티가 에드워드의 앞에 나타났어요. 그제야 에드워드는 자신이 속았다는 것을 알았어요.

모닥불을 피워 놓은 헛간 안에는 거지, 깡패, 부랑자와 같은 패거리들이 잔뜩 모여 있었는데, 불빛에 비친 그들의 모습은 하나같이 험상궂은 얼굴을 하고 있었어요. 에드워드는 자기들이 저지른 추악한 짓을 자랑 삼아 떠들어 대던 패거리들을 향해 꾸짖었어요.

"나는 이 나라의 왕이다. 나쁜 짓만 일삼던 너희들은 이제 곧 후회할 날이 있을 거다."

모여 있던 패거리들이 에드워드의 말을 듣고 모두들 큰 소리로 웃어 댔어요. 존 캔티는 그들에게 에드워드가 정신이 나간 자기 아들이라고 소개했어요. 에드워드는 창피하고 분해서 눈물이 났어요.

거지 패거리들은 꼭두새벽에 길을 떠났어요. 하늘은 잔뜩 흐렸고 발밑의 땅은 질퍽거렸어요. 그들은 낮에는 구걸과 도둑질을 하며 끼니를 이었어요. 두목은 휴고에게 에드워드를 데리고 나가서 구걸을 해 오도록 시켰어요.

멀리서 한 신사가 다가오자 휴고는 에드워드에게 동생 행세를 하라고 했어요. 그러는 동안 휴고는 신사의 호주머니에서 지갑을 훔쳤어요. 하지만 에드워드는 신사에게 지갑이 없어졌을 거라고 말했어요. 신사가 휴고를 뒤쫓아 가자, 에드워드는 그 틈을 타서 거지 패거리들에게서 도망쳐 나올 수 있었어요.

혼자가 된 에드워드는 배도 고프고 피로가 한꺼번에 몰려왔어요. 가엾은 왕 에드워드는 농가 이곳저곳을 기웃거렸으나 봉변만 당하고 내쫓겼어요. 밤이 되어 차가운 냉기가 몸속으로 스며들자 에드워드는 어둠 속에서 허름한 외양간을 찾았어요. 그리고 송아지 한 마리를 친구 삼아 오랜만에 단잠에 빠져들었어요.

외양간에서 아침을 맞은 에드워드는 눈을 뜨자 비에 젖은 생쥐 한 마리가 가슴에 파고들어 곤히 잠들어 있는 것을 보았어요. 인기척에 놀란 쥐가 쪼르르 달아나자 에드워드는 애써 미소를 지으며 혼잣말을 했어요.

"우리는 똑같이 버림받은 신세로구나. 그렇지만 이제는 형편이 더 나빠질 것도 없어."

에드워드는 외양간 주인의 집에서 주는 음식을 얻어먹고, 태어나서 한 번도 해 본 적이 없는 설거지와 자질구레한 심부름을 했어요. 점심을 먹고 난 후 에드워드는 톰의 아버지와 두목이 이곳을 향해 오는 것을 보고, 헛간 뒤쪽의 오솔길을 따라 걸었어요. 그러고는 힘껏 숲을 향해 뛰었어요.

숲을 향해 한참을 달려가도 길이 나타나지 않자, 에드워드는 결국 숲속에서 밤을 맞게 되었어요. 어두워진 숲에서 나무뿌리에 걸려 넘어지고 가시 덩굴에 휘감겨 휘청거리는 에드워드의 목을 누군가 휘감았어요.

처음에는 가시 덩굴에 목이 걸린 것이라고 생각하고 에드워드가 손을 뻗었어요. 그런데 어쩐지 낯설지 않은 느낌의 육중한 팔뚝이 에드워드의 몸을 번쩍 들어 올렸어요. 그제야 에드워드는 그 팔뚝의 주인공이 톰의 아버지 존 캔티와 휴고임을 알았어요.

에드워드는 또다시 거지, 부랑자들의 패거리와 함께 끝이 보이지 않는 유랑을 떠나게 되었어요.

하염없이 떠돌아다니는 인생은 고달프기 짝이 없었어요. 지난번에 에드워드가 도망쳤다 잡힌 이후로 휴고는 불쌍한 어린 왕을 못살게 굴었어요.

에드워드는 또다시 휴고와 짝이 되어 도둑질을 나갔어요. 휴고는 도둑질이 들키자 에드워드에게 훔친 물건을 찔러 넣었어요. 에드워드를 찾아 나선 마일스는 우연히 그 소란을 보게 되었고, 도둑으로 몰린 에드워드의 옆을 떠나지 않고 지켰어요. 하지만 재판을 받은 에드워드는 꼼짝없이 감옥에 가야 될 처지였어요.

마일스의 고향으로

마일스는 기지를 발휘하여 감옥으로 갈 뻔했던 에드워드를 구출하여 함께 고향집으로 향했어요. 에드워드와 마일스는 서로 그동안에 일어난 일을 이야기하며 부지런히 걸었어요.

나흘째 되던 날, 에드워드와 마일스는 드디어 마일스의 고향

에 도착했어요. 드문드문 농가와 과수원이 있고, 아득히 보이는 드넓은 목초지는 바람결에 부드럽게 올라갔다가 가라앉는 것이 마치 파도가 넘실거리는 것처럼 보였어요.

십 년 만에 가족들을 만날 생각에 들뜬 마일스는 에드워드에게 아버지와 아더 형, 동생 휴와 약혼녀 에디스에 대해 이야기해 주었어요. 그리고 70개나 되는 방과 27명의 하인을 거느리고 있는 저택이라고 은근히 집을 자랑했어요.

그런데 집에 도착하니, 동생 휴는 마치 불청객을 대하듯이 뚱한 표정으로 마일스를 바라보았어요.

그는 이미 오래전에 마일스의 전사 통지서를 받았고, 뿐만 아니라 아버지와 형도 돌아가시고 난 후라 마일스가 친형이라는 사실을 믿지 못하는 것이었어요. 게다가 마일스의 약혼녀 에디스는 휴의 아내가 되어 있었어요. 마일스는 대저택의 주인은 자신이며 약혼녀까지 빼앗은 동생을 용서할 수 없다고 서로 옥신각신 다투었어요.

두 사람의 싸움을 지켜보던 에드워드가 혼자 중얼거렸어요.

"자기의 신분을 인정받지 못하고 미친 사람 취급당하는 사람은 마일스 경 자네뿐만이 아니야."

에드워드는 생각에 잠겨 있다가 입을 열었어요.

"이상하지 않은가? 왕이 자취를 감추었는데, 왜 왕실에서 나를 찾지 않는 거지? 외삼촌 허트포드 경은 나의 필체를 알고 있을 테니 편지를 써서 보내야겠어."

에드워드는 라틴어와 그리스어, 영어로 각각 편지를 쓰고는 허트포드 경에게 전해 달라며 마일스에게 주었어요.

그때 휴의 아내 에디스가 들어와서 악당 같은 남편이 해치기 전에 조용히 이곳을 떠나는 것이 좋겠다는 말을 하는 것이었어요. 하지만 에드워드와 마일스가 떠나기 전에 휴가 부른 관리들이 들이닥쳤어요. 결국 마일스와 에드워드는 꼼짝없이 감옥에 갇히게 되었어요.

마일스와 에드워드는 누더기 같은 담요를 둘둘 말고 감옥에서 밤을 보냈어요.

답답하고 숨 막히는 나날이 계속되던 어느 날, 간수가 한 노인을 데리고 왔어요. 그는 마일스의 집안에서 평생을 살아온 충신 블레이크 앤드류스였어요.

앤드류스는 마일스에게 다가오더니 귀엣말로 감옥에서 빠져나갈 수 있도록 돕겠다고 속삭였어요. 그러고는 다른 사람에게 들리도록 큰 소리로 마일스에게 욕지거리를 퍼붓고 나갔어요.

앤드류스는 매일같이 감옥으로 찾아와서 값진 정보를 귀띔해 주고, 맛있는 음식을 몰래 넣어 주었어요. 물론 다른 사람들 앞에서는 큰 소리로 마일스에게 욕을 퍼부었어요.

어느 날 앤드류스는 놀라운 소식을 가지고 왔어요. 새로 국왕이 된 에드워드 6세는 정신이 이상하다는 소문이 있다는 거였어요. 그리고 돌아가신 헨리 8세는 이달 16일에 윈저 성에 묻히게 되고, 20일에 새 왕의 즉위식이 웨스트민스터 궁전에서 열릴 거라는 소식도 덧붙였어요.

이 말을 들은 에드워드는 그제야 왕실에서 톰이 진짜 왕자인 줄 알고 있기 때문에 새 왕이 미쳤다는 소문이 난 것이라고 생각했어요. 에드워드는 머리를 감싸며 생각에 잠겼어요. 그리고 마일스에게 낮지만 강한 목소리로 말했어요.

"마일스 경, 감옥을 부수고서라도 여길 탈출해야겠어. 대관식 전에는 도착해야만 해."

에드워드의 말을 들은 마일스는 걱정이 되었어요.

'조금씩 나아지나 했는데, 도로 나빠지고 있군. 하기야 감옥 안에서 죄수들만 보고 있으니 제정신이 될 수가 없을 거야.'

또다시 며칠이 지나 마일스의 재판날이 되었어요. 재판에서 에드워드는 어리다는 이유로 간신히 용서를 받았고, 마일스는 이 마을을 떠나라는 명을 받았어요.

두 사람은 말을 타고 긴 여행 끝에 런던에 도착했어요. 거리는 대관식 전야제로 온통 축제 분위기로 들떠 있었어요. 마일스와 에드워드는 궁전 앞에서 많은 인파에 밀려 그만 헤어지고 말았어요.

대관식의 주인

톰은 가짜 왕이 되어 궁전의 생활에 익숙해졌어요. 톰은 시간이 흘러도 진짜 왕 에드워드가 나타나지 않자 어느덧 새로 맛보게 된 왕의 신분에 점점 빠져들게 되었어요. 그리고 진짜 왕자에 대한 생각도 차츰 잊었어요. 그러다가 아주 가끔 자신에게 친절하게 대해 줬던 왕자에 대한 기억이 떠오르면, 톰은 마음이 불편해졌어요.

사랑으로 감싸 주었던 어머니와 쌍둥이 누나들에 대해서도 마찬가지였어요. 처음에는 두고 온 가족들이 무척이나 보고 싶었고 불쌍하다는 생각도 들었어요. 하지만 혹시라도 가족들이 톰의 앞에 나타나서 자기한테 입이라도 맞추게 되면 졸지에 자신의 정체가 탄로 날 것만 같았어요. 그래서 이 자리에서 쫓겨나게 된다면! 톰은 오펄 코트로 다시 돌아가는 것은 생각만으로도 몸서리가 쳐졌어요.

마침내 대관식이 열리는 날이 되었어요. 아침 일찍부터 우레와 같은 소리가 온 사방에 진동하고 있었어요. 톰은 대관식 행진이 시작되는 런던탑으로 향했어요.

그때 톰은 수많은 인파들 중에서 옛날 친구들을 발견하고는 깜짝 놀랐어요. 친구들로부터 눈을 돌리던 톰은 순간 심장이 멎어 버리는 것만 같았어요. 새파랗게 질린 얼굴로 톰을 뚫어지게 쳐다보는 어머니와 눈이 마주친 것이었어요.

너무 놀라고 당황한 나머지, 톰은 늘 하던 습관처럼 손등이 앞을 향하게 올리면서 눈을 가렸어요. 그 모습을 보자 톰의 어머니는 큰 소리로 아들의 이름을 부르며 인파를 헤치고 앞으로 달려 나왔어요. 그러고는 톰의 다리를 부둥켜안고 울부짖었어요.

"톰, 내 아들 톰이 맞구나!"

당황한 톰은 엉겁결에 소리쳤어요.

"나는 부인을 모르오!"

수비대의 장교가 욕설을 퍼부으며 톰의 어머니를 힘껏 밀쳐냈어요. 정신이 나간 듯 아들에게서 눈을 떼지 못하고 인파에 밀려 멀어지는 어머니의 얼굴을 보면서 톰은 쓰라린 아픔을 느꼈어요.

그 순간 부끄러움으로 얼굴이 달아오른 톰은 그동안 자신이 앉아 있었던 왕의 자리가 잿더미로 변해 버린 것을 느꼈어요. 훔쳐서 얻은 왕좌는 그 빛을 잃어버리고, 다 떨어진 넝마 조각처럼 그 영광은 톰의 몸에서 떨어져 나갔어요. 그리고 죄책감이 톰의 온몸과 마음을 휘감았어요.

"에드워드 왕 만세!"

땅을 뒤흔들 듯 요란한 함성이 터졌지만 가짜 왕 톰은 아무런 반응이 없었어요. 가슴속 깊은 곳에서 어머니를 모른 척했던 그 말이 계속 톰의 마음에 메아리쳤어요.

'나는 부인을 모르오. 나는 부인을 모르오. 나는 부인을 모르오……'

대관식을 기다리는 많은 사람들이 횃불을 들고 성당을 가득 메우고 있었어요. 우렁찬 축포 소리가 울려 퍼지자 기다리고 있던 군중들은 환호성을 터뜨렸어요.

잠시 침묵이 흐르고 우렁찬 나팔 소리를 신호로 예복을 입은 톰 캔티가 문에 나타나서 단상을 향해 걸어갔어요. 모두들 자리에서 일어나 왕에게 경의를 표했어요.

이제 마지막 순간이 다가왔어요. 캔터베리 대주교가 영국 국왕의 왕관을 집어 들더니 덜덜 떨고 있는 가짜 왕의 머리 위로 관을 번쩍 들어 올렸어요.

그때 성당 안의 커다란 중앙 복도를 따라 누군가 불쑥 튀어나왔어요. 모자도 쓰지 않고, 구멍이 숭숭 뚫린 신발에, 누더기 같은 옷을 입은 에드워드였어요. 그러나 그는 초라한 모습과는 어울리지 않게 엄숙하게 한 손을 들면서 경고의 말을 던졌어요.

"왕은 바로 나다! 그자는 가짜다!"

궁전의 수비대 병사들이 거지 에드워드를 잡았어요. 그러나 동시에 예복을 입은 톰 캔티가 앞으로 나서며 고함을 질렀어요.

"그 손 놓아라! 그분이 영국의 국왕이시다!"

순간 웅성거림과 탄식이 장내를 휩쓸고, 수비병들의 손이 멈칫했어요. 성당 전체가 마비된 것 같았어요. 아무도 움직이지 않았고 아무도 입을 열지 않았어요.

그 사이에 누더기를 걸친 에드워드는 당당한 태도로 앞을 향해 걸어 나가서 아직도 혼란에 휩싸여 허둥대는 사람들을 본체만체하면서 단상으로 올라갔어요.

가짜 왕 톰은 에드워드에게 달려가 무릎을 꿇으며 진짜 왕을 맞이했어요. 그때 왕의 곁에서 행정을 주관하는 서머셋 공작이 에드워드에게 왕실에 대한 여러 가지 질문을 던졌어요. 돌아가신

헨리 8세에 대해서도 차근차근 물었어요.

에드워드는 막힘없이 술술 대답했어요. 그러자 서머셋 공작은 마지막으로 진짜 왕자라는 큰 증거 한 가지를 맞히면 오늘 대관식에서 국왕이 된다고 말했어요.

"큰 옥새가 어디에 있습니까?"

에드워드는 큰 옥새를 둔 곳을 기억해 자신 있게 말했어요.

"내 방에 곁방으로 통하는 문 모퉁이에 놋쇠 못을 누르면 보석장이 열릴 것이오. 옥새는 그 안에 있소."

세인트 존 경은 에드워드가 말한 곳을 살피러 갔다 왔으나, 옥새는 없었어요. 병사들이 다시 에드워드를 끌어내려 할 때 톰 캔티가 에드워드에게 다가가서 다급하게 잘 생각해 보라고 물었어요.

에드워드는 두 손으로 머리를 감싸며 생각해 내려 했지만, 도무지 떠오르지 않았어요. 서머셋 공작 역시 혼잣말로 중얼거렸어요.

"번쩍거리는 금빛 옥새가 세인트 존 경의 눈에 뜨이지 않을 리는 없을 텐데……."

금빛이라는 말에 무엇인가를 떠올린 톰이 에드워드에게 말했어요.

"금빛의 동그란 것이 옥새라면, 제가 몇 번 호두를 까먹느라고 사용했습니다. 옥새를 처음에 그곳에 두신 분은 바로 왕자님이십니다. 왕자님 방에서 저를 처음 만난 날, 제 손을 다치게 한 병사를 혼내 주시겠다며 어딘가에 그것을 두시고는 급히 달려 나가셨지요."

"아, 생각났다! 세인트 존 경, 벽에 걸려 있는 갑옷을 가져오게. 옥새는 그 주머니 안에 있네!"

이윽고 세인트 존 경이 돌아오더니, 곧 에드워드 앞에 무릎을 꿇었어요. 그러고는 옥새를 꺼내어 정중히 바쳤어요.

이제 두 소년은 옷을 바꾸어 입었어요. 그리고 왕관은 진짜 국왕인 에드워드의 머리 위에 씌워졌어요. 축포는 그 소식을 온 런던에 알렸고, 모든 런던 시민들은 떠나갈 듯 박수갈채를 보냈어요.

한편, 군중 속에서 잃어버린 에드워드를 찾아 헤매던 마일스는 궁전 앞을 지나다가 험프리 말로를 만나서 에드워드 국왕과 재회를 하게 되었어요. 그는 자기가 보살펴 주었던 거지 소년이 진짜 국왕이었음을 알고 무릎을 꿇고 두 손을 왕의 손 사이에 묻고는 충성을 맹세했어요.

에드워드 국왕은 한때나마 왕이었던 톰 캔티에게 '왕이 보살피는 분'이라는 영예로운 이름을 내렸어요.

- 내용 확인하기
- 생각 나누기
- 신 나게 활동하기
- 생생 독후감

엄마와 함께하는 독후 활동

내용 확인하기

1. 톰 캔티는 어떤 집의 아들로 태어났나요?

예시 런던의 빈민가에서 살고 있는 톰 캔티는 방 한 칸에서 엄마, 아빠, 할머니, 쌍둥이 누나 여섯 식구가 살고 있다. 톰의 아버지는 도둑이고 할머니는 거지여서 세 아이들에게 도둑질과 동냥질을 시켰다.

2. 톰은 마음씨 고운 앤드루 신부님에게 무엇을 배웠나요?

예시 앤드루 신부님은 톰에게 읽고 쓰는 법과 라틴어를 가르쳐 주었다. 톰은 매일 앤드루 신부님의 집에 가서 옛날이야기와 전설을 들었고, 틈나는 대로 신부님의 낡은 책을 빌려 읽었다.

3. 웨스트민스터 궁전 앞에서 왕자를 보려고 창살에 얼굴을 바짝 들이대는 톰에게 병사들이 호통을 치자 왕자는 어떻게 했나요?

예시 병사들을 혼내며 불쌍한 톰을 궁전 안으로 들여보내라고 말했다.

4. 톰은 평소에 친구들과 주로 어떤 놀이를 한다고 했나요?

예시 모래밭 놀이, 진흙 반죽 놀이, 강에서 헤엄치기 같은 놀이를 한다고 왕자에게 이야기해 주었다.

5. 왕자와 톰의 소원은 각각 무엇이었나요?

예시 왕자 : 단 한 번만이라도 톰의 옷을 입고 마음껏 진흙탕 속을 뒹굴고 싶다.
톰: 단 한 번만이라도 왕자님의 옷을 입어 보고 싶다.

6. 거지의 옷으로 바꿔 입은 왕자는 그만 궁전에서 쫓겨나고 맙니다. 그 후 왕자는 어떻게 되었나요?

예시 왕자는 톰이 그랬던 것처럼 발길 닿는 대로 무작정 길을 걸었다. 비를 맞아 오들오들 떨며 거리를 헤매다 톰의 아버지 존 캔티에게 잡혀 갔다.

7. 왕자의 방에 홀로 남은 톰 캔티는 무엇을 했나요?

예시 커다란 거울 앞에 비친 자신을 꿈꾸듯 바라보았다. 왕자의 고상한 몸짓을 흉내 내면서 허리에 찬 멋진 긴 칼도 뽑아 보고 왕자의 의자에도 앉아 보았다.

8. 왕이 톰을 진짜 왕자라고 믿게 된 계기는 무엇인가요?

예시 왕은 시험을 해 보기 위해 톰에게 라틴어로 질문을 했는데, 톰이 앤드루 신부에게 배운 기억을 되살려 대답을 하자 왕과 신하들의 얼굴에 안도의 빛이 떠올랐다.

9. 왕자는 자신을 지켜 준 마일스에게 소원을 들어주겠다고 말합니다. 마일스의 소원은 무엇이었고, 왕자는 어떻게 해 주었나요?

예시 마일스의 소원은 에드워드 앞에 앉을 수 있는 것이었고, 에드워드는 이것을 허락해 주고 마일스를 백작으로 임명했다.

10. 감옥에 갇히게 된 왕자와 마일스는 놀라운 소식을 듣게 되었어요. 어떤 소식이었나요?

예시 새 국왕 에드워드 6세가 정신이 이상하다는 소문이 있고, 돌아가신 국왕 헨리 8세의 장례식과 새 국왕의 즉위식이 열릴 거라는 소식이었다.

11. 가짜 왕이 되어 궁전의 생활에 익숙해진 톰은 시간이 흘러도 진짜 왕자가 나타나지 않자 차츰 어떤 생각을 하게 되었나요?

예시 왕의 신분에 점점 빠져들면서 진짜 왕자에 대한 생각도 잊어버렸다. 그리고 어머니와 쌍둥이 누나들이 나타나 자신의 정체가 탄로 날까 봐 걱정했다.

12. 에드워드가 보석장에 둔 옥새는 왜 제자리에 없었나요?

예시 에드워드가 톰을 처음 만난 날, 톰을 다치게 한 병사를 혼내겠다며 급히 나가다 벽에 걸려 있는 갑옷 주머니에 두고 갔기 때문이다.

생각 나누기

1. 마일스는 거지가 된 에드워드 곁을 지켜 주는 유일한 친구였어요. 마일스처럼 믿고 응원해 주는 친구가 있다면 어떤 점이 좋을지 생각해 보세요.

2. 대관식 전야제에서 자신을 알아본 엄마에게 톰이 “나는 부인을 모르오!”라고 말했을 때 엄마의 마음은 어땠을까요?

3. 대관식 날 누더기를 걸친 에드워드가 나타나 자신이 진짜 왕이라고 했을 때 톰은 어떤 생각을 했을까요?

4. 거지가 되어 엄청난 고생을 했던 에드워드 왕자는 후에 어떤 왕이 되었을까요?

5. 나랑 똑 닮은 사람이 한 명 더 있다면 여러분은 어떤 일을 시키고 싶은지 생각해 보세요.

6. 왕자의 생활도 좋은 점과 나쁜 점이 있고, 거지의 생활도 좋은 점과 나쁜 점이 있어요. 각각 어떤 점이 좋고 나쁜지 생각해 보세요.

신 나게 활동하기

• 일일 기자가 된 엄마와 인터뷰를 해 보세요. 자신이 왕자라고 생각하고 기자의 질문에 진지하게 대답해 보세요.

- 에드워드가 나타나 진짜 왕이 된 뒤 톰은 어떻게 되었을까요? 그 뒷 이야기를 써 봅시다.

• <왕자와 거지>를 재미있게 읽었나요? 오래오래 기억에 남을 수 있도록 독서 기록장을 정리해 보세요.

책 제목

지은이

읽은 날짜 년 월 일 ~ 년 월 일

등장인물

줄거리

느낀 점

생생 독후감

<왕자와 거지>를 읽고

옷 하나만 바꾸어 입었는데 진짜 왕자는 거지가 되어 엄청 고생하고, 톰은 왕자 대접을 받습니다. 톰은 자기는 왕자가 아니라고 하지만 아무도 믿지 않았고, 에드워드는 자기가 왕자라고 말했다가 정신이 나갔다는 말만 들었지요. 이대로 가다가는 둘의 삶이 완전히 바뀔 것 같았습니다. 톰은 자기가 왕이 될 수도 있었는데 톰은 왕자에게 자리를 양보했습니다. 그걸 보면 톰은 착하고 정말 마음이 부자인 아이입니다.

그런데 왕자는 옥새를 어디다 두었는지 몰라서 가짜로 몰릴 뻔 했는데 톰이 힌트를 주어서 겨우 알아낼 수 있었습니다. 톰은 옥새가 뭔지도 모르고 호두를 깨는 데 썼다는 것을 읽고 웃음이 나왔습니다.

만약 내가 부잣집 아이와 바뀐다고 해도 나는 기쁘지 않을 것 같습니다. 지금의 엄마와 아빠, 오빠 이렇게 우리 가족이 좋기 때문입니다.

경기도 동탄시 반석초등학교 이연지